San

KÜÇÜK
KARA BALIK

Çeviri: İlknur Özdemir ■ İllüstrasyon: Mehmet Sönmez

Yayın Yönetmeni: Samiye Oz
Yayın Koordinatörü: Hande Anapa
Kapak ve İç Tasarım: Gözde Bitir S.
Tasarım Uygulama ve Dizgi: Gelengül Çakır
Düzelti: Nurten Sönmezcan
Kapak Baskı: Çetin Ofset
İç Baskı ve Cilt: Eko Matbaası

1. Basım: 2000
16. basım: Mart 2009
ISBN 978-975-510-972-5

Can Sanat Yayınları Yapım, Dağıtım, Ticaret ve Sanayi Ltd. Şti.
Hayriye Caddesi No. 2, 34430 Galatasaray, İstanbul
Telefon: (0212) 252 56 75 - 252 59 89 Faks: 252 72 33
www.cancocuk.com    cancocuk@cancocuk.com

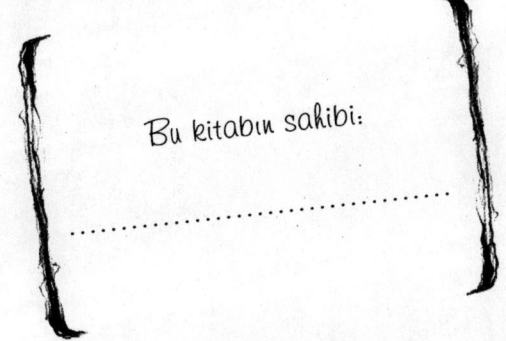

Bu kitabın sahibi:

## Samed Behrengi

Çocuk öyküleri ve masalları yazmış, masallar derlemiş, Azerbaycan Türkçesiyle Farsça arasında çeviriler yapmış İranlı bir yazar. Haziran 1939'da Tebriz'de doğdu. İran'ın Azerbaycan kesiminde on bir yıl köy köy dolaşarak öğretmenlik yaparken, bir yandan da Tebriz Üniversitesi'nde gece derslerine girerek İngiliz dili ve edebiyatı eğitimi gördü. Halkının toplumsal, ekonomik ve folklorik yapısını halkının içinde yaşayarak inceledi. Bu arada Azerbaycan ve İran halk edebiyatından derlemeler yaptı, masallar yazdı. 1968 yılında Aras Irmağı'nda ölüsü bulununca, yüzerken boğulduğu söylentisi yayıldıysa da, buna pek inanan olmadı.

Kış ortasında bir akşam vaktiydi. Denizin en derin yerinde, yaşlı mı yaşlı bir balık nine sayıları on iki bini bulan çocuklarıyla torunlarını çevresine toplamış, onlara bir masal anlatıyordu:

"Bir varmış bir yokmuş, bir Küçük Kara Balık varmış; bu Küçük Kara Balık annesiyle birlikte bir derede yaşarmış. Bu dere, kayalık bir dağdan çıkar, bir vadi boyunca akarmış. Anne balıkla yavru balığın yuvaları kara bir kaya parçasının arkasındaymış, bu yuvanın tavanı da yosundanmış; anneyle yav-

rusu her gece orada uyurlarmış. Küçük Kara Balığın en sevdiği şey, ay ışığının evlerinin üstüne vurmasıymış.

Her gün, sabahtan akşama kadar, Küçük Kara Balık, annesinin peşine takılır, oraya buraya yüzermiş. Kimi zaman sağa sola koşuşturan başka balıkların arasında kalırlarmış. Küçük Kara Balığın başka kardeşi yokmuş, annesi on iki bin yumurta yumurtlamış ama hayatta kalan başka kardeşi olmamış.

Küçük Kara Balık, günlerdir düşünüp duruyormuş. Orada burada dolaşırken çoğu kez annesinin gerisinde kalıyormuş, annesi de onun biraz hasta olduğunu, yakında yeniden sağlığına kavuşacağını sanıyormuş.

Bir sabah erkenden olanlar olmuş, Küçük Kara Balık annesini uyandırıp şöyle demiş:

"Anneciğim, seninle konuşmak istiyorum."

"Saatin farkında mısın sen?" diye homurdanmış annesi, henüz tam olarak uyanamadan. "Sonra konuşuruz."

"Anneciğim, burada daha fazla kalamam ben, gitmeliyim!" demiş Küçük Kara Balık.

"Gitmek istediğine emin misin?" diye sormuş annesi.

"Evet," demiş Küçük Kara Balık.

"Peki," demiş annesi, oysa ne olup bittiğini hâlâ anlamamışmış. "Ama sabahın bu erken saatinde nereye gitmek istiyorsun ki?"

Küçük Kara Balık, annesine,

"Bu derenin ucunun nereye çıktığını gidip görmek istiyorum," demiş. "Bak anneciğim, tam bir aydır bu derenin ucunun nerede olduğunu düşünüp duruyorum. Bunu bir türlü aklımdan çıkaramıyorum. Dün gece sabaha kadar gözlerimi kırpmadım, hep düşünüp durdum. Sonunda gidip ne olduğunu kendi gözlerimle görmeye karar verdim. Başka yerlerde neler olup bittiğini gerçekten bilmek istiyorum..."

Annesi gülmüş,

"Ben de çocukken hep böyle düşünürdüm," demiş. "Canikom, derelerin başı da yoktur sonu da; bunda bilinecek ne var ki. Akar da akarlar; hiçbir yere ulaşmazlar."

"Ama anneciğim, her şeyin bir sonu vardır, öyle değil mi? Gecenin sonu vardır, günün sonu vardır, haftanın da, ayın da, yılın da..."

"Bu hayalleri bir kenara bırak da," diye sözünü kesmiş annesi, "gidelim. Gevezeliğin sırası değil, gel yüzelim."

"Hayır anneciğim," diye diretmiş Küçük Kara Balık.

"Böyle amaçsızca yüzmekten bıktım usandım. Başka yerlerde neler olduğunu öğrenmek istiyorum. Bu düşünceleri kafama bir başkasının soktuğunu sanabilirsin, ama ben uzunca bir süredir kendim düşünüyorum bunları. Arkadaşlarımdan da bazı şeyler öğrendim elbette; örneğin, birçok balığın yaşlanınca hayatta hiçbir şey yapmadık, hayatımızı boşa geçirdik, diye yakındıklarını biliyorum. Durmadan sızlanıp dururlar. Ben yaşamanın nasıl bir şey olduğunu öğrenmek istiyorum; durmadan aynı şeyleri yapmak, yaşlanana kadar başka bir şey yapmadan

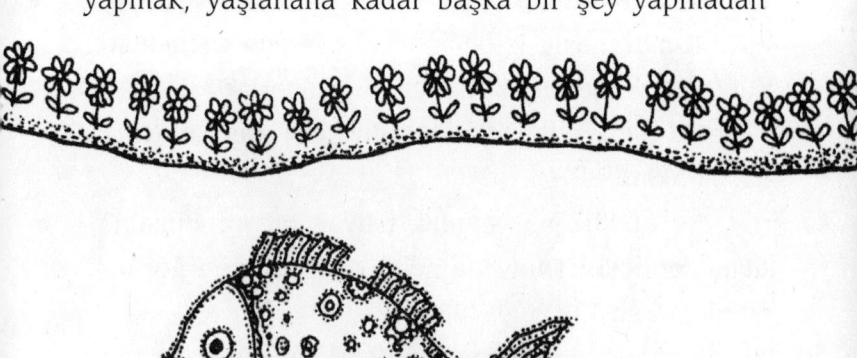

yaşamak olamaz; dünyada yaşamanın anlamı bundan daha fazla olmalı!"

Küçük Kara Balık bunları soluk almadan sıraladıktan sonra annesi,

"Sevgili yavrum," demiş, "sana ne oldu böyle? Dünya, dünya diye tutturdun. Ne demek istiyorsun? Dünya bizim olduğumuz yerdir, yaşam da bizim burada sürdürdüğümüz şeydir."

Tam o sırada iri bir balık kapılarına gelip anneyi selamlamış.

"Merhaba, yavrunla neler konuşuyorsun böyle? Bugün dışarı çıkmıyor musunuz?"

Komşusunun sesini duyunca, Küçük Kara Balığın annesi dışarı koşup,

"Zaman nasıl da değişti!" demiş ona, "şimdi çocuklar büyüklerine öğretmenlik taslıyorlar!"

"Ne demek istiyorsun?" diye sormuş komşusu, şaşkınlıkla.

"Bu ufaklık ne yapmak istiyor, biliyor musun?" demiş annesi. "Dünyada neler olup bittiğini görmek istediğini söylüyor. Şu lafa bak!"

"Seni doğduğun günden beri tanırım yavrum," demiş komşu, Küçük Kara Balığa. Ne zamandan beri bilim adamı ya da filozof kesildin sen? Hem neden bize bundan hiç söz etmedin?"

"Bilim adamı ve filozofun ne demek olduğunu bilmiyorum," diye yanıtlamış onu Küçük Kara Balık.

"Ben yalnızca sağa sola dolaşıp durmaktan bıktım, can sıkıntısı içinde yüzmek istemiyorum artık, bir nedeni olmadan mutlu olmak da istemiyorum; günün birinde gözlerimi açıp hepiniz gibi yaşlandığımı, ama hâlâ aynı balık olduğumu, ilk başta bildiğimden fazla bir şey bilmediğimi görmek istemiyorum!"

"Saçma sapan konuşma!" demiş büyük balık.

Annesi de,

"Biricik yavrumun böyle olacağı hiç aklıma gelmezdi!" demiş. "Onu kandıranın kim olduğunu bir bilsem!"

"Beni kandıran filan yok," diye itiraz etmiş Küçük

Kara Balık. "Benim kendi beynim var, düşünebilirim; gözlerim de var, görebilirim..."

Büyük balık, annesine dönüp,

"Kıvrıla büküle yürüyen o salyangozu anımsıyor musun?" demiş.

"Evet, anımsıyorum," demiş annesi. "Yavrumun peşinden hiç ayrılmazdı. Ah, Allah onun cezasını verir inşallah!"

Küçük Kara Balık dehşete kapılmış.

"Sus anneciğim," demiş, "o benim arkadaşımdı."

"Balıklarla salyangozların arkadaş olduğu duyulmuş şey değil," diye yanıtlamış onu annesi.

"Düşman olduklarını da duymadım ben," demiş Küçük Kara Balık üzüntülü bir sesle. "Ama siz onu ortadan kaldırdınız."

"Geçmişi unutalım," demiş komşu balık.

"Bu konuyu sen açtın," demiş anne balık. "Keşke onu öldürseydik. Ortalıkta dolaşıp söylediği o kötü şeyleri de anımsıyor musun?"

"O zaman beni de öldürseydin!" diye haykırmış Küçük Kara Balık. "Çünkü ben de onun söylediklerini söyledim."

Bu tartışma öteki balıkların da ilgisini çekmiş. Küçük Kara Balığın söylediği şeyler onları çok kızdırmış. Yaşlıca balıklardan biri,

"Bu söylediklerini hoşgöreceğimizi sanma," demiş.

Bir başkası da,

"Bunun aklını başına getirmek gerek!" demiş.

"Çekilip gidin!" demiş anne balık, "yavruma elinizi sürmeye kalkmayın sakın!"

Balıklardan biri anne balığa dönmüş, kınarcasına,

"Çocuklarına terbiye vermezsen neler olurmuş gör bakalım!" demiş.

Büyük balık başını sallayıp,

"Derenin bu bölümünde yaşadığım için utanç duyuyorum," diye söylenmiş.

Bir başkası da,

"İşler sarpa sarmadan, bu küçük baş belasını da, o yaşlı salyangozun gittiği yere gönderelim!" demiş.

Bunu der demez bir öbek balık, Küçük Kara Balığı yakalamak üzere öne atılmış, ama arkadaşları onun çevresini almışlar, bir çırpıda güvenlikli bir yere kaçırmışlar.

Anne balık çıldıracak gibi olmuş.

"Aman Allahım!" diye haykırıyormuş, "ne yapacağım ben?"

"Benim için sakın ağlama anneciğim," diye bağırmış Küçük Kara Balık. "Asıl şu sefil yaşlı balıklar için ağla sen!"

"Bize hakaret edemezsin küçük!" diye bağırmış yaşlı balıklardan biri.

Bir başkası da,

"Şimdi gidersen ve sonra pişman olup geri dönersen seni aramıza almayız," demiş.

Üçüncü bir balık da Küçük Kara Balığı uyarmış:

"Bu çocukça hayallerin peşine takılmasan iyi edersin."

Dördüncü bir balık atılmış:

"Buranın nesi var kuzum?"

Beşinci balıksa,

"Başka bir dünya yok. Dünya burası... Geri gel!" diye seslenmiş.

"Şimdi geri dönersen," diye dil dökmüş altıncı

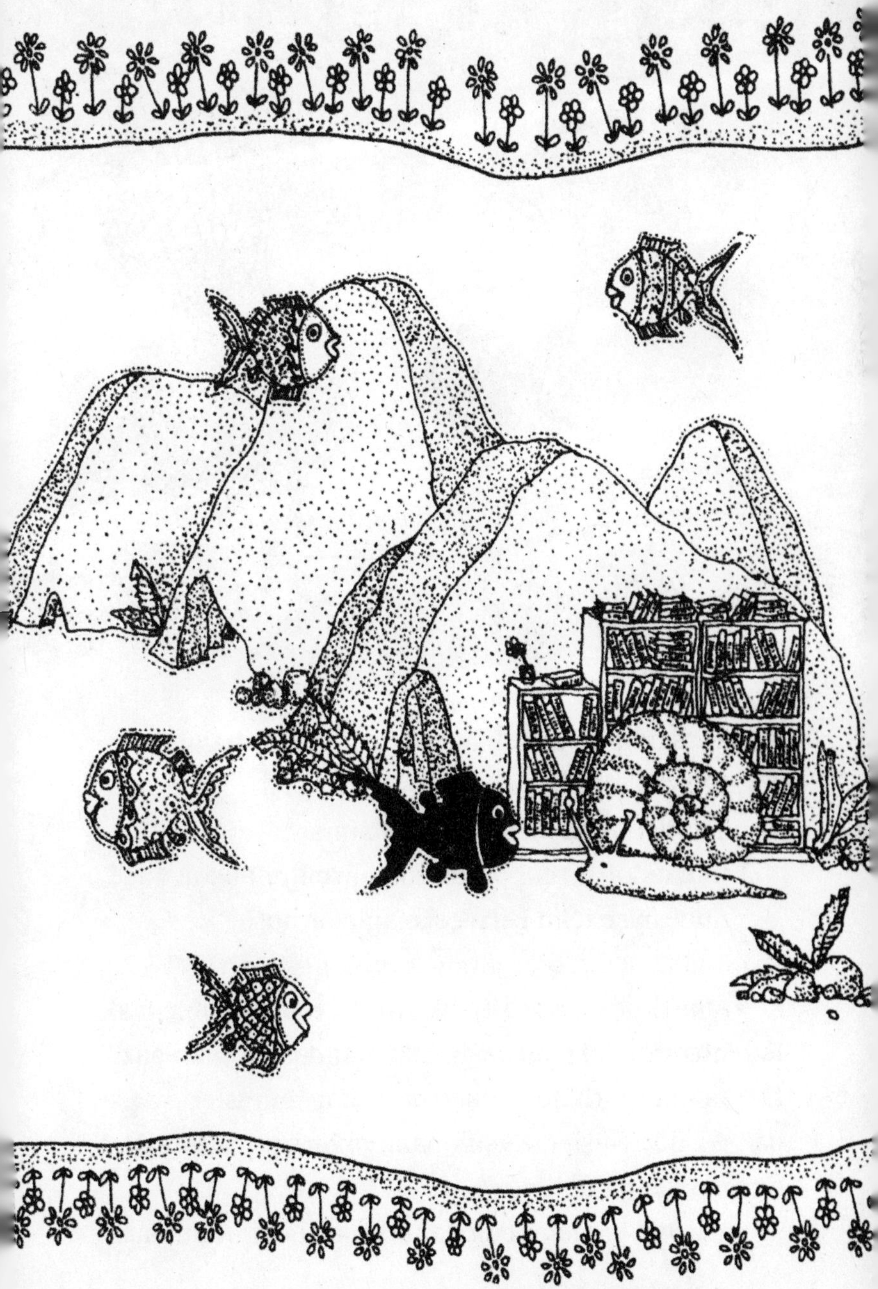

balık, "senin çok akıllı bir küçük balık olduğuna ina-
nacağız."

Yedinci balık da onu doğrulamış:

"Ne de olsa seni buralarda görmeye alıştık."

Annesiyse içini çeke çeke ağlıyormuş:

"Bana acı, n'olur gitme... n'olur gitme!"

Ama Küçük Kara Balık artık onlarla konuşmak
istemiyormuş. Kendi yaşındaki arkadaşlarından bazı-
ları onunla birlikte çağlayana kadar gitmişler, sonra
da geri dönmüşler. Küçük balık onlardan ayrılmadan
önce arkasına dönmüş,

"Sizinle yeniden buluşana kadar beni unutmayın

dostlarım," demiş.

Hep bir ağızdan,

"Seni nasıl unuturuz!" diye bağırmış küçük balıklar. "Ne kadar tembel olduğumuzu gösterdin bize. Daha önce hiç aklımıza gelmemiş olan şeyleri öğrettin. Sen yürekli, akıllı bir arkadaşsın, hepimiz senin dönmeni bekleyeceğiz."

Küçük Kara Balık, kuyruğunu veda edercesine son bir kez sallamış, derin bir soluk almış, çağlayanın ucundan kendini aşağı bırakmış.

Çağlayanın dibinde kendine geldiğinde bir gölde bulunduğunu anlamış. Hiç de alışık olmadığı bu yer önce onu dehşete düşürmüş, ama çok geçmeden yüzmeye, yabancısı olduğu bu yeri incelemeye başlamış. Daha önceleri hiç bu kadar çok suyu bir arada görmemişmiş. Minicik balıklara benzeyen binlerce küçük yaratık suyun içinde dolaşıyormuş. Küçük Kara Balığı görünce,

"Şuna da bakın!" demişler. "Ne biçim bir yaratık bu?"

"Lütfen terbiyeli konuşun," demiş Küçük Kara Balık, "benim adım, 'Küçük Kara Balık'. Siz de bana adlarınızı söyleyin de birbirimizi tanıyalım."

Minicik yaratıklardan biri,

"Biz kurbağacığız," demiş.

Bir başkası da, kibirli kibirli eklemiş:

"Biz soylu, iyi yetiştirilmiş balıklarız."

"Dünyanın hiçbir yerinde," diye böbürlenmiş bir üçüncüsü, "bizim kadar güzel balık göremezsin!"

Dördüncüsü de kabaca,

"Hem biz senin kadar çirkin değiliz," demiş.

Küçük Kara Balık onları şöyle yanıtlamış: "Sizin bu kadar bencil olabileceğiniz hiç aklıma gelmezdi. Yine de darılmıyorum size, çünkü böyle konuşmanızın nedeni bilgisizlikten başka bir şey değil."

Kurbağacıklar dehşete düşmüşler:

"Yani sence biz budala mıyız?" diye bağrışmışlar.

"Budala olmasaydınız, bu dünyada birçok yaratık olduğunu, bu yaratıkların da kendi türlerini güzel bulduklarını bilirdiniz. Saçma sapan konuşuyorsu-

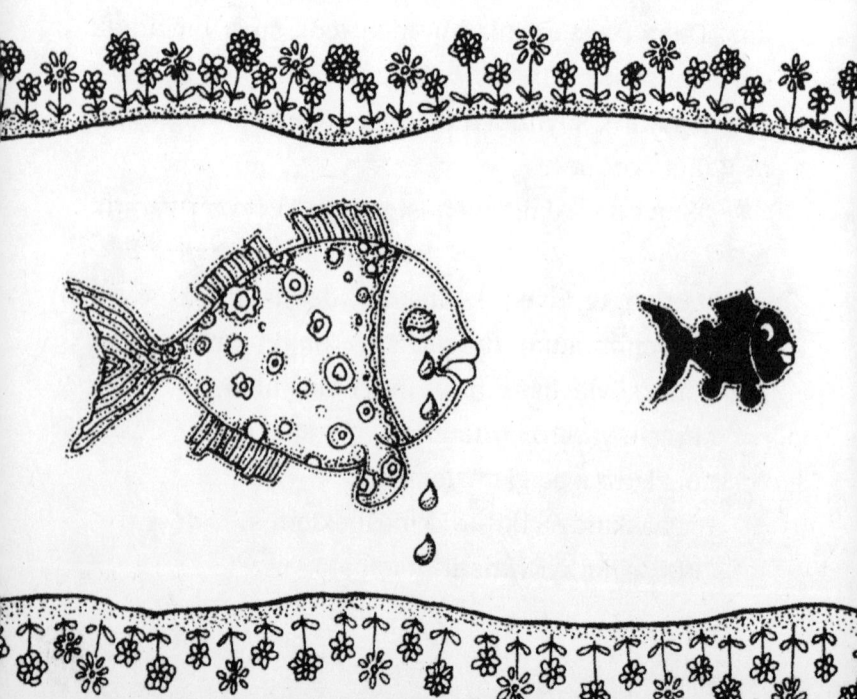

nuz," demiş Küçük Kara Balık.

Küçük Kara Balığın doğru söylediğini anladıkları için kurbağacıklar iyice sinirlenmişler. Bir an düşünüp şöyle demişler:

"Sabahtan akşama kadar burada dolaşıp duruyor, ailelerimizden başka hiç kimseyi görmüyoruz, arada sırada da minicik solucanlar görüyoruz ki onlar önemli değil. Bizim dünyamız bu kadar işte."

Küçük Kara Balık,

"Siz bu gölden dışarı hiç çıkmadınız ki," demiş onlara. "Dünyayı tanımıyorsunuz ki."

"Burdakinden başka dünya var mı ki?" diye sormuşlar kurbağacıklar.

"En azından bütün bu suyun nereden geldiğini merak edebilirsiniz," demiş Küçük Kara Balık. "Bu suyun dışında yaşayan yaratıklar olup olmadığını da."

"Ne demek istiyorsun?" diye sormuşlar kurbağacıklar şaşkınlık içinde, "biz suyun dışını görmedik bile!"

Küçük Kara Balık gülümsemiş, bu kurbağacıkların anneleri nasıl biri diye merak etmiş.

"Anneniz nerede?" diye sormuş.

Tam o anda güçlü bir vaklama sesiyle yerinden sıçramış. Başını kaldırıp bakınca bir kayaya tünemiş olan kocaman bir kurbağa görmüş. Kurbağa gölün içine atlamış ve Küçük Kara Balığa doğru yüzmüş.

"Merhaba," demiş. "İşte geldim, ne istiyorsun bakalım?"

Kurbağacıklar bir ağızdan bağırmışlar:

"Merhaba büyükanne!"

Kurbağa,

"Seni baş belası," demiş Küçük Kara Balığa, "be-

nim yavrularımın kafasına ne saçmalıklar sokuyorsun? Seni gösterişçi zıpçıktı, seni! Dünyanın neresi olduğunu bilecek kadar çok yaşadım ben. Dünya işte burada, bu gölde. Torunlarımın kafasına saçma sapan şeyler doldurmayı bırakıp buradan gitsen iyi olur!"

"Yüz yaşına bile gelsen," diye yanıtlamış onu Küçük Kara Balık, "yine de zavallı, budala, yaşlı bir kurbağadan başka bir şey olmayacaksın sen!"

Bunu söyler söylemez de kaçıp kendini kurtarmış, çünkü yaşlı öfkeyle peşinden geliyormuş.

Dere yatağı kıvrıla kıvrıla, dimdik inmeye başlamış. Derenin akışı da hızlanmış, dağın tepesinden bakan biri, onu döne döne uzayan beyaz bir şerit sanabilirmiş. Küçük Kara Balık, dağın tepesinden yuvarlanıp derenin ortasına düşmüş olan bir kaya parçasına varmış, kaya parçası dereyi ikiye bölüyormuş. Kaya parçasının üstünde, el büyüklüğünde bir kertenkele oturmuş, sabah güneşinde ısınıyormuş. Biraz ötede de kocaman, tombul bir yengeç derenin sığ kumsalına çöreklenmiş, az önce yakaladığı bir kurbağayı midesine indiriyormuş. Küçük Kara Balık, yengeci görünce müthiş korkmuş, ama yine de saygılı bir sesle selamlamış onu.

Yengeç ona yan yan bakmış,

"Ne kadar da kibar bir balıkçık," demiş. "Gel yanıma canım, gel yanıma."

Küçük Kara Balık ise,

"Ben dünyayı görmek istiyorum, senin beni yakalamanı istemiyorum," demiş ve yengece hiç yaklaşmamış.

Yengeç, onu kandırmaya çalışarak dil dökmüş:

"Neden böyle ürkek ve huzursuzsun, yavrum?" diye sormuş.

"Ne ürkeğim, ne de huzursuz," demiş Küçük Kara Balık, "ne görüyorsam, ne duyuyorsam onu söylüyorum."

"Peki öyleyse," demiş yengeç, "söyle bakalım: Gözlerinle kulakların benim seni yakalamayı tasarladığımı mı anlatıyorlar?"

"Numara yapma," demiş Küçük Kara Balık, küçümseyen bakışlarla, "kafandan neler geçtiğini biliyorum ben."

"Saçmalama," diye ısrar etmiş yengeç, "kurbağadan başka bir şey avlamadığımı görüyorsun işte; çünkü ben onlardan nefret ederim. Dünyadaki en önemli yaratıklar olduklarını düşünürler onlar; dünyanın kimin pençeleri arasında olduğunu göstermek istiyo-

rum onlara! Gel yanıma yavrum, gel hadi, korkmana hiç neden yok!"

Yengeç bunu söylerken Küçük Kara Balığa doğru tuhaf bir biçimde yan yan yürüyüp yaklaşmaya çalışıyormuş.

Küçük Kara Balık kendisini tutamayıp kahkahayı patlatmış. "Zavallı," demiş, "Sen daha doğru dürüst yürümesini bile bilmiyorsun! Dünyayı kimin elinde tuttuğunu nereden bileceksin?"

Yengece hiç yaklaşmamış Küçük Kara Balık. Ansızın derenin yüzeyine bir gölge düşmüş, arkasından da büyük bir şapırtı duyulmuş; bunun üzerine yengeç kumun üzerinde yuvarlana yuvarlana kaçmaya başlamış. Kertenkele bunu görünce öyle bir gülmüş ki, az daha üzerinde oturduğu kayadan suya yuvarlanıyormuş.

Küçük Kara Balık, kıyıda duran bir oğlan çocuğunun kendisini ve yengeci seyrettiğini görmüş. Az sonra derenin kıyısında bir koyun ve keçi sürüsü belirmiş, hayvanlar burunlarını dereye sokup su içmişler. Küçük Kara Balık hiç kıpırdamadan onların su içmesini beklemiş, sonra da kertenkeleye seslenmiş:

"Beni bağışlayın sayın kertenkele, derenin bitiminde ne olduğunu bulmak için yollardayım. Siz akıllı bir yaratığa benziyorsunuz, ben de size bir şey sormak istiyorum."

"Bilmek istediğin nedir?" diye sormuş kertenkele, tatlı bir sesle.

"Ben evden ayrılırken," demiş Küçük Kara Balık, "pelikanların, testerebalıklarının, balıkçılların tehlikesine karşı uyardılar beni. Bunlar hakkında bir bildiğin varsa bana anlatmanı istiyorum."

"Buralarda testerebalığı ya da balıkçıl yoktur," diye yanıtlamış kertenkele. "Testerebalıkları denizde yaşar, balıkçıllarsa pek seyrek bulunur. Bununla birlikte, birkaç pelikana rastlayabilirsin. Dikkat et de içlerinden birinin torbalı gagasına yakalanma."

"Torbalı gaga da nedir?" diye sormuş Küçük Kara Balık.

"Pelikanların boynunun altında torba gibi sarkan gevşek bir deri vardır," diye açıklamış kertenkele, "bu torbanın içine su doldururlar. Pelikan yüzerken bazen balıklar hiç farkına varmadan bu torbanın içine girer-

DİKKAT

TESTERE BALIĞI

ler. Pelikanın karnı o sırada aç değilse, daha sonra yemek üzere o balıkları torbasında saklar."

Küçük Kara Balık,

"O torbadan kurtulmanın yolu var mı?" diye sormuş.

"Torbayı yırtarak açmadıkça kaçmak olanaksızdır," diye yanıtlamış onu kertenkele, "Bak ne diyeceğim, benim bir bıçağım var, onu sana vereyim. Bu açgözlü kuşlardan birinin tuzağına düşersen bıçağı kullanır, özgürlüğüne kavuşursun."

Bunu der demez de kayadaki bir yarığın içine seğirtmiş, biraz sonra da ufak, süslü bir kamayla birlikte geri dönmüş.

"Ah, çok teşekkür ederim," demiş Küçük Kara Balık, kamayı alırken. "Çok naziksiniz. Borcumu nasıl öderim, bilmem."

"Bana borcun filan yok," diye yanıtlamış onu kertenkele. "Bende bunlardan çok var. Buralarda yetişen çalıların dikenlerinden yapıyorum bu kamaları. Senin gibi yürekli küçük balıklara vermek üzere de hazır tutuyorum."

"Buradan geçen başka balık gördünüz mü?" diye sormuş Küçük Kara Balık heyecanla.

"Çok," demiş kertenkele, "şimdi de bir araya gelip bir balık sürüsü oluşturdular, bu da balıkçıları deliye çeviriyor."

Bu sözler Küçük Kara Balığın aklını karıştırmış, "Bağışlayın efendim, her şeye burnunu sokan biri gibi görünmek istemem ama, nasıl oluyor da balıklar balıkçıları deli ediyorlar?" diye sormuş.

"Çok akıllıca yapıyorlar bunu," diye açıklamış kertenkele. "Bir araya toplanıyorlar, balıkçılardan biri ağını suya atınca da ağı yakalayıp derinlere sürüklüyorlar." Bunu söyler söylemez kulağını kayadaki bir başka yarığa dayamış ve biraz dinledikten sonra "Şimdi gitmem gerek, çocuklarım uyanmış," diyerek Küçük Kara Balıktan izin istemiş.

Kertenkele, kovuğuna doğru hızla yola çıktıktan sonra Küçük Kara Balık yolculuğuna devam etmiş. Merak ettiği bir sürü şey varmış: acaba dere gerçekten de denize mi akıyormuş; bir pelikanın tuzağına düşerse ne yaparmış; kendi soyundan gelenleri öldürüp yiyen kılıçbalığı ne biçim bir canavarmış ve balık-

çıllar neden kendisine düşmanca davranıyorlarmış?

Küçük Kara Balık durmadan yüzmüş, yüzerken de yeni yaratıklarla karşılaşmış, yeni şeyler öğrenmiş. Zıp zıp zıplamak, bir çağlayanın üzerinden kayıp bir göle atlamak çok hoşuna gidiyormuş.

Daha sonra, suyun yüzeyine yakın yüzerken bir geyiğin aceleyle su içtiğini görmüş. Geyiğe selam verip neden böyle acelesi olduğunu sormuş. Geyik,

"Peşimde bir avcı var," diye açıklamış, "Baksana bacağımdan vurdu beni..."

Küçük Kara Balık geyiğin topalladığını görünce onun gerçeği söylemekte olduğunu anlamış ve çok korkmuş. Hızla yüzmeye devam etmiş.

Akşam yaklaşırken, vadinin gitgide genişlemekte, derenin gitgide derinleşmekte olduğunu fark etmiş. Çok heyecanlanmış; yuvasından ayrıldığından beri hiç bu kadar çok balık görmemiş çünkü. Çevresini alan minik balıklar,

"Sen bir yabancısın, değil mi?" diye sormuşlar ona.

"Evet yabancıyım," diye yanıtlamış onları, "çok uzaklardan geldim."

"Nereye gitmek istiyorsun?" diye sormuşlar.

"Derenin ucunu bulmak istiyorum," demiş Küçük Kara Balık.

"Hangi dere?" diye sormuşlar minik balıklar, hep bir ağızdan.

"Elbette ki içinde yüzmekte olduğumuz bu dere," diye yanıtlamış onları Küçük Kara Balık, gülümseyerek.

"Biz buna ırmak deriz," demiş minikler.

Küçük Kara Balık bu sözleri yanıtlamamış. Irmağın ne olduğunu düşünmüş.

Minik balıklardan biri,

"Buralarda bir pelikan olduğunu biliyor musun?" diye sormuş.

"Evet," demiş Küçük Kara Balık.

"Peki kocaman bir torbalı gagası olduğunu biliyor musun?" diye sormuş bir başka minik balık.

"Evet, onu da biliyorum," demiş Küçük Kara Balık.

"Yine de yoluna devam etmek istiyor musun?" diye sormuş bir üçüncüsü, şaşkınlıkla.

"Evet," demiş Küçük Kara Balık, kararlı bir sesle. "Devam etmeliyim."

Oralara yeni bir balığın geldiği ve derenin ucunu bulmak istediği, pelikanlardan da korkmadığı çok geçmeden duyulmuş. Küçük Kara Balığın ilk karşılaştığı minik balıklar da onunla birlikte gitmek istiyorlarmış, ama anneleriyle babalarının kızmasından korkuyorlarmış. İçlerinden bazıları Küçük Kara Balığa şöyle demişler:

"Çevrede hiçbir pelikan olmasaydı seninle birlikte giderdik, ama biz onların torbalı gagalarından korkuyoruz."

Küçük Kara Balık yüzmeye devam etmiş. Irmağın kıyısındaki bir köyün önünden geçmiş. Köyün kadınlarıyla çocukları suda kirli tabak-çanakları, kirli çamaşırları yıkıyorlarmış; Küçük Kara Balık bir yandan yüzerken bir yandan da onların seslerine kulak veriyormuş. Sonunda hepsi geride kalmış.

Artık hava kararmaya başlamış, o da altına girip uyuyabileceği bir taş aramış. Çok geçmeden uygun bir taş bulmuş, geceyi geçirmek üzere onun altına yerleşmiş. Uzun süren yolculuk onu öylesine yormuş ki hemencecik uyuyuvermiş.

Gece yarısı olduğunda, Küçük Kara Balık uyanmış, ırmağın yüzeyinden yansıyan ay ışığının bütün çevresini aydınlattığını görmüş. Aydedeyi seviyormuş. Evindeyken, onunla konuşmak istediği geceleri

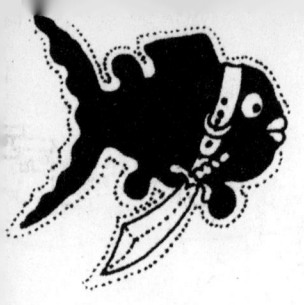

anımsamış; ay ışığı evlerini aydınlatırken yosunların altından süzülerek çıkıp Aydedeyle konuşmak istermiş, ama annesi onu hep geri çeker, yeniden uyumasını söylermiş. Bundan böyle özgürmüş Küçük Kara Balık; taşın altından kayarak çıkmış,

"Merhaba, sevimli Aydede," demiş.

"Merhaba Küçük Kara Balık," diye selamlamış onu Aydede. "Burada ne yapıyorsun?"

"Dünyanın çevresinde yolculuk ediyorum," demiş Küçük Kara Balık.

"Dünya çok büyük," demiş Aydede, "Her yere gidemezsin ki."

"Haklısın," demiş Küçük Kara Balık. "Ama gidebildiğim kadar giderim."

"Keşke sabaha kadar senin yanında kalabilseydim," diyerek içini çekmiş Aydede.

"Ama kocaman bir bulut yaklaşıyor, benim ışığımı kapatır o."

"Ah, güzel Aydedem," demiş Küçük Kara Balık, "ışığını o kadar çok seviyorum ki. Keşke sonsuza kadar beni aydınlatabilsen."

Aydede yanıtlamış onu:

"Sevgili Küçük Kara Balık, ne yazık ki benim ken-

di ışığım yok. Ben ışığımı güneşten alıyorum. Yalnızca güneşin benim üzerimdeki ışığını yansıtabilirim sana..."

O sırada kocaman bir kara bulut gelip ayın yüzünü örtmüş, Küçük Kara Balık da Aydedenin sesini duymaz olmuş. Kendisini karanlığın içinde yeniden yapayalnız bulunca korkmuş, ama çok geçmeden kendini toparlamış, taşının altına girip uyumaya hazırlanmış.

Ertesi sabah uyandığında yalnız olmadığını görmüş. Bir gün önce karşılaştığı minik balıklardan birkaçı taşın yanında durmuş, kendi aralarında fısıldaşıyorlarmış. Onun uyandığını görünce hep bir ağızdan,

"Günaydın, Küçük Kara Balık!" diye bağırmışlar.

"Günaydın. Görüyorum ki sonunda benim peşimden gelmeye karar vermişsiniz."

"Evet," demiş minik balıklardan biri. "Ama yine de korkuyoruz."

"Pelikanları düşündükçe huzursuz oluyoruz," demiş bir başkası.

"Siz biraz fazla düşünüyorsunuz," demiş Küçük Kara Balık. "Durmadan düşünmenin yararı yok. İlerlemek istiyorsak harekete geçmeliyiz."

Ama, harekete geçtikleri anda çevrelerinin sarıldığını hissetmişler. Her taraf birdenbire kapkaranlık oluvermiş. Minik balıklar, bir pelikanın torbalı gaga-

sına düşmüş olduklarını hemencecik anlayıvermişler. Küçük Kara Balık elinden geldiğince sakin olmaya çalışarak minik balıklara dönmüş,

"Arkadaşlar, bir pelikanın eline düştük," demiş. "Ama korkmayın, bir kaçış yolu var."

Hepsi birden bağırıp ağlaşmaya başlamışlar. Bir tanesi içini çeke çeke,

"Hepsi senin yüzünden Küçük Kara Balık," demiş. "Bir pelikandan kaçamayacağımızı biliyorduk biz."

Bir başkası da eklemiş:

"Bizi yutacak, böylece hepimizin sonu gelecek."

Tam o sırada ürkütücü bir kahkaha yankılanmış suyun içinde. Pelikanmış gülen. Sonra da şöyle söylediği duyulmuş:

"Ne de güzel yakaladım bunları. Gerçekten de acıyorum sizlere; hepinizi birden yutmak istemiyorum!"

Minik balıklar kurtulmak için yalvarmaya başlamışlar:

"Ah efendim," demişler pelikana, "sizin hakkınızda öyle hoş şeyler duyduk ki. Lütfen, efendim, lütfen bize bir iyilik yapın, ağzınızı açın da gidelim!"

Pelikan şu yanıtı vermiş:

"Sizi şimdi yutmak istemiyorum. Şu anda midem

tıpkı sizin gibi lezzetli balıklarla tıka basa dolu zaten!"

Bunu söyler söylemez de başını öyle bir sallamış ki bütün balıkçıklar torbalı gaganın dibine inivermişler.

"Efendim, biz hiçbir suç işlemedik ki," diye yalvarmışlar minik balıklar, "biz masumuz. Bizi yanıltan şu Küçük Kara Balık oldu..."

"Sizi gidi korkaklar," diye onların sözünü kesmiş Küçük Kara Balık. "Bu acınası bahanelerinizi duyduktan sonra bu akıllı kuşun sizi özgür bırakacağını mı sanıyorsunuz?"

"Sen hiçbir şeyin fakında değilsin," demişler minik balıklar, "biraz sonra bizi özgür bırakacak, seni de yutacak!"

"Evet," diye gürlemiş pelikan, "sizi özgür bırakacağım, ama bir tek koşulla!"

"Koşul ne olursa olsun, kabul ediyoruz!" diye bağrışmışlar minik balıklar.

"Özgürlüğünüze kavuşmak istiyorsanız, şu kendini beğenmiş Küçük Kara Balığı öldürmeniz gerekiyor!" demiş pelikan.

Bunu duyan Küçük Kara Balık hemencecik,

"Ona inanmayın," diye atılmış, "bu iğrenç kuşun istediği tek şey, bizi birbirimize düşürmek. Dinleyin, bir planım var."

Ama minik balıklar öylesine korkmuşlar, kurtulmayı öylesine istiyorlarmış ki, Küçük Kara Balığın üstüne atlayıvermişler. Küçük Kara Balıksa onlarla alay ederek gülmüş ve,

"Sizi gidi korkaklar!" demiş. "Beni nasıl öldüreceksiniz? O kadar güçlü değilsiniz ki! Hem buradan kaçabileceğinizi filan da sanmayın."

"Seni öldürmeliyiz!" diye hep bir ağızdan bağırmışlar minik balıklar. "Özgürlüğümüze kavuşmak istiyoruz!"

"Siz aklınızı kaçırmış olmalısınız," demiş Küçük Kara Balık. "Beni öldürseniz bile pelikan sizi yine de özgür bırakmayacaktır. Sakın ona kanmayın!"

"Kendi canını kurtarmak için böyle söylüyorsun. Zaten senin bizi düşündüğün filan yok," diye yanıtlamışlar onu. Bir yandan da var güçleriyle saldırmaya devam ediyorlarmış.

Küçük Kara Balık şöyle bir silkelenip onları

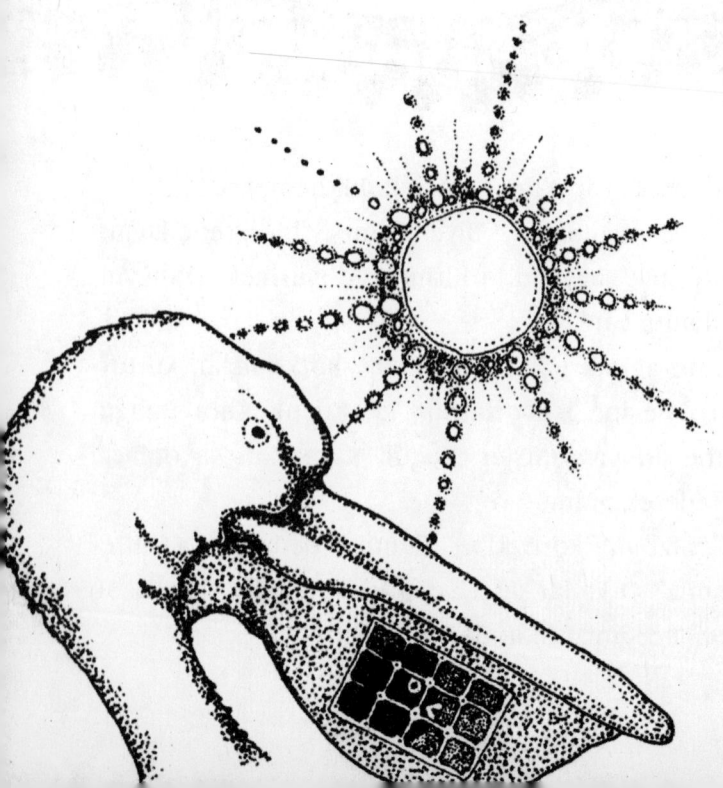

üstünden atarken,

"Dinleyin beni!" demiş ciddi bir sesle. "Şimdi size ne yapacağımızı göstereceğim. Şurada yatan yarı ölü balıkların yanına gideceğim," bunu derken torbalı gaganın dibindeki balıkları gösteriyormuş, "ve ölü taklidi yapacağım. Bakın bakalım o zaman pelikan sizi özgür bırakacak mı. Bu dediğimi yapmazsanız, yanımdaki kamayla hepinizi öldürürüm ve torbayı kesip özgürlüğüme kavuşurum."

Minik balıklardan biri, Küçük Kara Balığın yanına koşup,

"Sus artık," demiş, "bunları duymak istemiyorum!"

"Alın şu korkağı buradan," demiş Küçük Kara Balık ve kamasını çekip balıklara doğru tehdit edercesine sallamış. Bunu gören minik balıklar korkmuşlar, Küçük Kara Balığı rahat bırakmışlar. Bunun üzerine Küçük Kara Balık yavaşça sırtüstü dönmüş, torbanın dibindeki öteki balıkların yanına doğru inmiş. Küçük Kara Balık yavaşça torbalı gaganın dibine inerken, ona saldıran minik balıklar yukarı doğru yüzüp pelikana seslenmişler:

"İstediğinizi yaptık efendim, Küçük Kara Balığı öldürdük!"

"Aferin size!" demiş pelikan, pis pis gülerek. "Mükemmel bir iş becerdiniz, ben de şimdi sizi ödüllendireceğim!" Şöyle bir durmuş, sonra da sevinçli

bir sesle, "Ödül olarak hepinizi canlı canlı yutacağım!" demiş. Der demez de minik balıkların hepsini birden midesine indirivermiş!

Bunu gören Küçük Kara Balık hızla kamasını çekmiş, pelikanın torbalı gagasının dibini baştan başa yarmış. Küçük Kara Balık ırmağın içine atlarken arkasından pelikanın korkunç çığlıklar attığını, kendisinin arkasından koşarken koca ayaklarıyla suları şapırdattığını duymuş. Ama Küçük Kara Balık hiç yüzmediği kadar hızlı yüzmüş ve çok geçmeden de pelikandan kurtulmuş.

Öğlen olmuş. Küçük Kara Balık yüzmüş de yüzmüş, yüzmüş de yüzmüş; sonunda ırmak geniş bir düzlüğe erişmiş. Sağdan soldan gelen küçük akarsular ırmağa katılıyormuş, sular o kadar çoğalmış ki Küçük Kara Balık çok geçmeden yolunu kaybetmiş.

Birdenbire karşısında bir kılıçbalığı görmüş, çok korkmuş, ama ondan kaçmayı başarıp hızla suyun yüzüne çıkmış. Çevrede hiçbir şey göremeyince yeniden suya dalmış, derinlere inmiş, orada bir balık sürüsüyle karşılaşmış. Onları selamlayıp,

"Özür dilerim," demiş, "buraların yabancısıyım.

Çok uzaklardan geldim. Buranın adı ne acaba?"

İçlerinden biri onu yanıtlamış:

"Denize hoş geldin, arkadaş."

Bir başkası da şöyle demiş:

"Bataklıklara akanlar dışında bütün ırmaklar, bütün dereler buraya akar."

Bu sözleri duyan Küçük Kara Balık sevincinden kabına sığamamış.

"Gidip azıcık yüzeyim," demiş. "Sonra dönüp size katılırım. Balıkçıların ağlarını çekip götürürken sizin yanınızda olmak istiyorum!"

"Dileğinin gerçekleşmesi için fazla beklemeyeceksin," demiş bir balık. "Ama balıkçıl kuşuna dikkat et. Eline düşecek olursan kurtulamazsın. Üç dört balık yakalamadan bizi rahat bırakmaz!"

Onlara teşekkür eden Küçük Kara Balık yanlarından ayrılmış. Suyun yüzeyine yükselmiş, güneşin yavaş yavaş sırtını ısıttığını hissetmiş. Kendi kendine,

"Ölümle her an burun buruna gelebilirim," demiş. "Yaşadığım sürece onun işini engellemek için elimden geleni yapacağım. Kuşkusuz, ölümden kaçamayacağımı anladığımda artık gözümde önemini yitirir o, önemsiz olur. Önemli olan benim yaşamımın, ya da benim ölümümüm başkalarını nasıl etkileyeceğidir..."

Bu düşünceler, dikkatini dağıtmış, öyle ki üzerine

saldıran balıkçılı çok geç fark etmiş, fark ettiğinde de iş işten geçmiş. Ne kadar çabalarsa çabalasın kendisini acımasızca içine alan gagadan kurtulamıyormuş. Öylesine sıkı yakalamış ki balıkçıl onu, Küçük Kara Balık bayılacak gibi olmuş. Suyun dışında ne kadar canlı kalabilirim ki, çok geçmeden ölürüm, diye düşünüyormuş. Hatta balıkçıl beni yutsa diye dua etmeye bile başlamış. Böylece onun karnındaki suyun içindeyken birkaç dakika daha yaşayabileceğini düşünmüş. Bunu düşününce balıkçıla,

"Beni hemen yutsana," demiş, "ben öyle bir balığım ki ölür ölmez bedenim zehir dolar."

Balıkçıl, Küçük Kara Balığın kendisini aldatmaya çalıştığından kuşkulanmış.

"Beni kandırmaya çalışıyorsun," demiş, "gagamı açayım da kaçasın değil mi?"

O arada uzaktan kara görünmeye başlamış. Küçük Kara Balık, balıkçılın karaya ulaşmasıyla birlikte kendi sonunun da geleceğini anlamakta gecikmemiş. Kuşa şöyle demiş:

"Beni yemeleri için çocuklarına götürdüğünü biliyorum. Hiç mi düşünmüyorsun onları? Sen karaya ayak bastığında benim bedenim çoktan zehir dolu olacak."

Bu sözler balıkçıl kuşunu düşündürmüş, daha dikkatli olması gerektiğine karar vermiş. "Bana kalırsa sen bir şeyler tasarlıyorsun," demiş Küçük Kara

Balığa. "Bu yüzden seni kendim yiyeceğim, çocuklarıma da başka bir balık yakalayacağım."

Ancak Küçük Kara Balıktan hiç ses çıkmadığını fark etmiş. Ölüye benziyormuş. Bunu gören balıkçıl, Küçük Kara Balığı yutup yutmamaya karar verememiş. Öte yandan, bu küçük balığın sözünü dinlediği için kendine kızıyormuş da. Yaşayıp yaşamadığını balığın kendisine sormaya karar vermiş, ama gagasını açar açmaz Küçük Kara Balık kuyruğunu sallayıp altlarındaki denize düşmüş.

Öfkeye kapılan balıkçıl, balığın arkasından atılmış. Küçük Kara Balık, yakalandıktan sonra denize düşene kadar birkaç dakika suyun dışında kalmışmış. İşte bu yüzden, denize düştükten sonra birkaç dakika kendine gelememiş, kendisini toparlayana kadar aradan birkaç dakika geçmesi gerekmiş. Ne var ki o arada keskin gözlü balıkçıl Küçük Kara Balığın nerede olduğunu görüp yeniden peşine düşmüş, dalgaların arasına dalmış, Küçük Kara Balığı yakalamış, o daha ne olduğunu anlayamadan bir hamlede yutuvermiş. Küçük Kara Balık bir anda kendini hiç çıkışı olmayan karanlık, nemli bir yerde bulmuş.

Birkaç dakika geçince gözleri karanlığa alışmış; birden bir ses duymuş, minicik bir balık bir köşeye sinmiş, annesine sesleniyormuş. Küçük Kara Balık onun yanına gidip tatlı bir sesle,

"Merhaba," demiş. "Neden ağlıyorsun?"

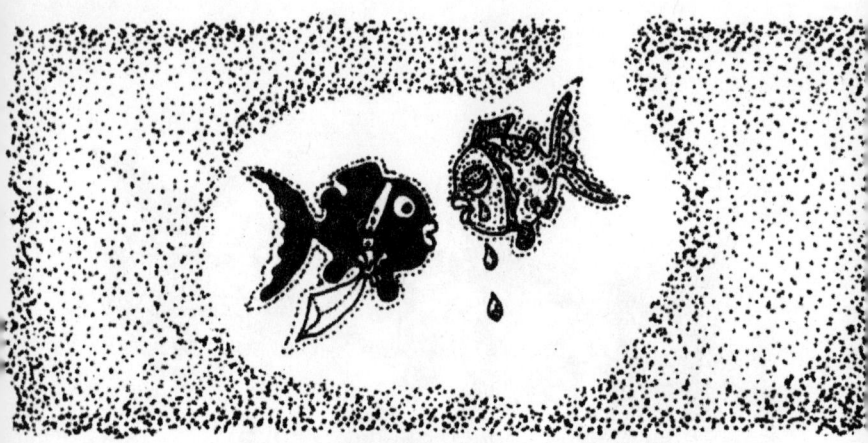

"Sen de kimsin?" diye sormuş minik balık, hıçkıra hıçkıra. "Hem ne biçim soru soruyorsun? Ölmekte olduğumu görmüyor musun? Ah, anneciğim! Benim sonum geldi, balıkçıların ağlarını yakalamak için seninle gelemeyeceğim!"

"Kes şu ağlamayı," demiş Küçük Kara Balık, sertçe. "Balıkların yüzkarasısın sen. Ayıp ayıp!"

Minik balık kendini toparlayınca da devam etmiş:

"Balıkçılı öldürüp bütün balıkları kurtarmak istiyorum, ama bunun için önce midesinden çıkmam gerek!"

"Sen kendin ölmektesin," demiş minik balık, "balıkçılı nasıl öldüreceksin ki?"

Küçük Kara Balık ona kamasını göstermiş.

"İşte bu bıçakla öldüreceğim," demiş. "Şimdi söyleyeceklerimi iyi dinle. Ben kıvranmaya başlayınca balıkçıl gıdıklanacak. Gülmek için gagasını açar açmaz sen zıplayıp dışarı çıkarsın!"

"Sen ne olacaksın?" diye sormuş minicik balık.

"Bu korkunç kuşu öldürmeden buradan ayrılmam!" demiş Küçük Kara Balık.

Bunu söyler söylemez de var gücüyle kıvranmaya başlamış. Çok geçmeden balıkçıl gagasını açmış ve minik balık zıplayıp denize koşmuş, yüzerek oradan uzaklaşmış. Sonra durup Küçük Kara Balığı beklemiş, ama gelen giden olmamış. Balıkçılsa suyun içinde debeleniyor, acıyla haykırıyormuş. Öylesine büyük bir acı çekiyormuş ki, bir türlü uçamıyormuş. Sonunda suyun altına kaymış, denizin dibine sürüklenmiş; gitgide güçsüzleşiyor, çırpınmaları gitgide zayıflıyormuş. Ama Küçük Kara Balığı bir daha gören olmamış."

Yaşlı balık nine öyküsünü bitirince on iki bin çocuğuyla torununa artık yatmalarını söyledi.

Ama hepsi bir ağızdan,

"Büyükanne, Küçük Kara Balığa ne oldu?" diye sordular. "Ne olduğunu anlatmadın bize!"

"Yarın akşamı bekleyin," dedi balık nine. "Hadi artık yatın bakalım, iyi geceler!"

Çocuklarıyla torunları balık nineye iyi geceler dilediler ve gidip yattılar. Yaşlı balık nine de yatıp uyudu. Ama küçük bir kırmızı balığı bir türlü uyku tutmuyordu. Bütün gece hiç gözünü kırpmadan denizi düşündü durdu...

Kitapla ilgili düşüncelerim;

[ .................................................
  .................................................
  ................................................. ]

**www.cancocuk.com**
cancocuk@cancocuk.com

*Okumaktan hiç vazgeçmemen dileğiyle...*